COMTE EUGÈNE DE PORRY

L'ITALIE DÉLIVRÉE

POÈME HISTORIQUE

PARIS

CHEZ J. TÉCHENER, LIBRAIRE-ÉDITEUR

Rue de l'Arbre-Sec, 52

—

1868

L'ITALIE DÉLIVRÉE

Poème Historique.

COMTE EUGÈNE DE PORRY

L'ITALIE DÉLIVRÉE

POÈME HISTORIQUE

PARIS

CHEZ J. TÉCHENER, LIBRAIRE-ÉDITEUR

Rue de l'Arbre-Sec, 52.

1868

Ce poème, — qui avait paru d'abord, en 1865 et 1866, sous le titre restreint de MAGENTA, — reparait aujourd'hui avec des additions et des remaniements considérables.

L'auteur, — qui tient fort peu à la publication de ses vers, — n'aurait point pris la peine de réimprimer ce petit ouvrage, s'il n'était la fidèle expression de ses sentiments et de ses pensées. C'est tout ce qu'il veut, et ce dont il est bien aise.

Écrit à mesure que se produisaient les événements, ce poème doit être surtout apprécié comme l'ouvrage du cœur. Il convient, pour le juger, de se reporter à l'époque précise des faits qui l'ont inspiré.

Encore un mot. Cet opuscule peut être considéré comme la première livraison d'œuvres complètes, qu'on se propose de soumettre à une sévère révision, et sous le rapport du fond, et sous le rapport de la forme. A ce sujet, l'auteur, dont les idées se sont modifiées et mûries, depuis cinq ans, à la rude école du malheur et des déceptions, prie ses amis, — c'est-à-dire tous ceux qui lui font l'honneur de l'estimer et de le lire, — de considérer comme non avenu, sous le rapport politique, tout ce qu'il a publié avant la présente date.

15 Octobre 1867.

COMTE EUGÈNE DE PORRY.

A LA MÉMOIRE

DU MARQUIS

LOUIS PORRO-LAMBERTENGHI

Officier de l'ordre grec du Sauveur,
Décoré de la Médaille grecque du Mérite Militaire,
Chevalier de la Couronne de Fer de par l'Empereur Napoléon Ier,
Officier de l'ordre de Saint-Maurice et Saint-Lazare,
Président honoraire de la Société impériale d'Acclimatation de Paris

---

AME GRANDE, GÉNÉREUSE, HÉROÏQUE,

IL OFFRIT A SA FAMILLE ET A SES CONCITOYENS

LE PLUS PARFAIT MODÈLE D'UNE VIE HONORABLE.

DÈS L'AGE DE VINGT ANS,

ET TOUJOURS DEPUIS, AVEC LA MÊME COURAGEUSE PERSÉVÉRANCE,

ON LE VIT SUR LA BRÈCHE

POUR DÉFENDRE CONTRE L'ÉTRANGER, CONTRE TOUT AGRESSEUR,

LES DROITS ET LES LIBERTÉS DE SA PATRIE.

A VINGT-DEUX ANS, NOMMÉ DÉPUTÉ,

AVEC DISPENSE D'AGE,

AU CORPS LÉGISLATIF DE LA RÉPUBLIQUE CISALPINE,

ET COMBLÉ DE LA FAVEUR ET DE L'ESTIME DE NAPOLÉON Ier,

IL OSA LUI RÉSISTER AVEC UNE LOYALE FRANCHISE ;

ET L'EMPEREUR NE L'EN ESTIMA QUE DAVANTAGE.

APRÈS LES ÉVÉNEMENTS DÉSASTREUX

QUE SUIVIRENT LES HONTEUSES RÉACTIONS DE 1815,

LE MARQUIS LOUIS PORRO PROSCRIT PAR L'AUTRICHE,

AVEC LAQUELLE SON AME TROP CONFIANTE

AVAIT D'ABORD TENTÉ UNE IMPOSSIBLE CONCILIATION ;

INDIGNEMENT TRAQUÉ PAR DES SBIRES FÉROCEMENT ABRUTIS,

S'ARRACHA DU SOL AIMÉ DE LA PATRIE,

POUR SE SOUSTRAIRE AUX INFAMES CACHOTS DU SPIELBERG !

AMI DÉVOUÉ DE TOUTE CAUSE NOBLE ET JUSTE,

IL SECONDA, PAR LA PAROLE ET PAR L'ACTION,

LE RÉVEIL DE LA GRÈCE CONTRE LE JOUG OTTOMAN.

DANS TOUTES LES VILLES OU IL A SÉJOURNÉ,

A GENÈVE, A LONDRES, A ATHÈNES, A MARSEILLE,

L'ÉLÉVATION DE SES PRINCIPES ET LA DISTINCTION DE SES MANIÈRES

LUI CONCILIÈRENT L'ESTIME ET LA SYMPATHIE

DE TOUS LES HOMMES DE BIEN.

RENTRÉ A MILAN, APRÈS L'AMNISTIE DE 1840,

IL A RESSENTI, AVANT DE MOURIR,

LE BONHEUR ET LA JOIE

D'ASSISTER A LA GLORIEUSE DÉLIVRANCE DE L'ITALIE !

SA FAMILLE, SON PAYS, LA JEUNE ITALIE,

GRAVERONT ET CONSERVERONT ÉTERNELLEMENT

DANS LEURS COEURS

SON NOM VÉNÉRABLE ET SACRÉ

QUI, DANS LE PASSÉ DE L'HISTOIRE,

BRILLERA TOUJOURS PLUS LUMINEUX,

AINSI QUE RESPLENDISSENT LES ÉTOILES

DANS LES NOCTURNES PROFONDEURS DU CIEL !

COMTE EUGÈNE DE PORRY.

GILBERT PORRO-LAMBERTENGHI

Mon cher et bien aimé cousin,

Vous le savez, — ce poème de l'ITALIE DÉLIVRÉE, que j'entrepris à une époque de joyeuse et libre insouciance, n'a été achevé qu'à travers les plus rudes épreuves, à travers d'immenses catastrophes matérielles et morales!.... — Il n'en sera que plus cher à nous deux. Quand je voulus inscrire votre nom au frontispice de mon œuvre, — mu par cette noble modestie qui est toujours le partage des esprits distingués, vous m'engageâtes à dédier plutôt mon modeste monument poétique à la mémoire de votre très honorable et très vénéré père, le précédent chef de notre Maison, Monsieur le marquis Louis PORRO. Je me rendis à ce vœu parfaitement conforme aux élans de mon cœur. Mettre mon œuvre sous la protection d'un souvenir et d'un exemple éternellement sacrés pour notre Famille et pour l'Italie, c'était aussi en faire hommage à vous-même ; c'était vous témoigner encore mieux toute l'étendue de ma reconnaissance. Que ne vous dois-je point ? Votre appui, vos encouragements, votre fraternelle bienveillance, m'ont rendu le service dont j'avais le plus grand besoin sur cette terre de Provence, qui n'a donné à ma famille, — rameau de la vôtre, — qu'une amère hospitalité. Désormais, vous le savez, tous mes regards, tous mes vœux, se tournent du côté de cette grande et belle ITALIE, dont ma rêveuse enfance avait toujours attendu l'affranchissement et l'unité politique, — doux espoir aujourd'hui réalisé!... oui, du côté de notre patrie bien aimée, que, dans sa jeunesse, mon très bon et très honoré père, Monsieur le comte ANTOINE DE PORRY, avait visitée avec un filial amour, regrettant toujours, — comme fait aujourd'hui son fils, — de ne pouvoir y transporter ses humbles foyers!...

Il était naturel qu'un poème fût consacré par ma muse à la glorieuse délivrance de la LOMBARDIE par les armes fraternelles de l'Italie et de la France. Si, — comme me l'a déclaré votre loyale franchise, — cette inspiration est assez digne de la splendeur sans tache de notre Maison, assez digne aussi de notre illustre patrie, de quoi me plaindrais-je, et de qui ai-je besoin?... Ma mission est remplie, et je suis content; car j'ai fait mon devoir.

Agréez, mon cher et bien aimé cousin, la sincère assurance de ma profonde gratitude et de ma haute estime pour vous.

Comte EUGÈNE DE PORRY.

APPRÉCIATION ESTHÉTIQUE

de

L'ITALIE DÉLIVRÉE

par

M. D. ROSSI

Membre de l'Athénée de Paris,
Directeur du *Propagateur du Var*, etc., etc.

———

Un poète qui, aux soupirs d'une muse langoureuse, avait mêlé les plus nobles accents d'un vrai patriote, — Filicaja, — s'était écrié un jour :

« Italie, Italie ! le destin a gravé sur ton front les douleurs qui « doivent être ton éternel héritage. »

La vue d'une épée suspendue sur la tête de cette seconde Niobé, arrachait sans doute au chantre italien ces tristes accents ; il était loin de prévoir que cette épée serait un jour brisée par le bras puissant de la France, — de cette France où aboutissent toutes les palpitations du malheur, tous les cris d'angoisse et de vengeance des peuples opprimés !

« Fille privilégiée du soleil, terre des arts, objet sacré pour tout
« ce qui aime le génie et la douleur, » réjouis-toi !... tu es enfin
régénérée !...

Retracer ici les vicissitudes de l'Italie, depuis Odoacre jusqu'au
développement de la maison de Lorraine en Toscane et des Bourbons
dans les Deux-Siciles, et de celle de Savoie, c'est-à-dire jusqu'au
milieu du XVIIᵉ siècle, — serait une tâche épineuse qui nous ferait
franchir les limites d'une simple appréciation.

Depuis Charles-Quint, le véritable maître de la péninsule, l'Italie
avait perdu jusqu'à l'ombre d'une politique nationale ; tyrannisée,
déchirée par tous les partis, elle s'est vu arracher peu à peu, par
lambeaux, son unité et son indépendance. C'est à peine si les États
de l'Église, le duché de Modène et les républiques de Venise et de
Gênes survécurent à leur gloire. Tirons un voile sur la révolution de
1789 et le premier empire. Ce n'est pas à nous de sonder les mystères
de la politique, ou d'approfondir les hautes raisons qui animent les
souverains. Constatons qu'en 1815, la condition de l'Italie fut pro-
fondément modifiée ; à l'influence française succéda la prépondérance
de l'Autriche, qui étendit sur ce malheureux pays son joug de fer,
son sceptre sanglant !...

Sombres cachots du Spielberg, vous seuls vous pourriez nous
rendre les sanglots des victimes et des martyrs de l'indépendance
italienne !... Ah ! ceux qui respirent l'air bienfaisant de la liberté,
ne peuvent comprendre que l'on étouffe ou que l'on souffre sous d'autres cieux ; et, si le courage et la persévérance suffisaient pour affranchir les peuples, depuis longtemps l'Italie serait sortie du tom-
beau où elle gisait meurtrie, mais frémissante !...

« Servi siam, si ; ma servi ognor frementi ! »

Enfin l'heure de la délivrance paraît sonner en 1848. Mais les joies
inespérées enivrent, troublent, paralysent ; et Dieu semble ainsi

vouloir instruire les rois et les peuples, et leur apprendre que l'on ne
se rachète pas par des crimes.

Le Piémont vit encore ses espérances trompées, ses rêves évanouis. La France, émue de la cruelle destinée qui condamnait ainsi à des larmes sans fin une nation fière de tant d'héroïques souvenirs et digne d'un meilleur sort, mit son épée au service du droit méconnu. L'immortelle campagne de MAGENTA scella du sang franco-italien le triomphe d'une cause juste et sacrée.

C'est ce triomphe, inaugurant une ère nouvelle pour l'Italie, que M. Eugène de Porry a voulu célébrer dans ce dernier poème.

Quel est l'enfant de ce beau pays qui ne se sente navré au retentissement de ses revers, ou transporté d'enthousiasme au récit de ses succès et à l'idée de sa transformation ? M. de Porry, — qui sent dans ses veines couler le sang dont l'empereur Frédéric Barberousse marqua l'écusson de sa famille dans les plaines de la Palestine, — ne pouvait demeurer indifférent à la délivrance de sa patrie (1).

Les trois siècles d'exil de sa famille n'ont point altéré chez lui les instincts de la nationalité primitive. Si le hasard a jeté son berceau dans la ville phocéenne, notre poète ne retourne pas moins ses regards attendris vers les bords aimés où reposaient ses nobles aïeux, où vécut et chanta le tendre et sublime Virgile ! Tous ses vœux, toutes ses aspirations sont pour le bonheur de l'Italie. Il aime la France comme une mère adoptive ; mais les droits du sang sont imprescriptibles ; la voix de la nature se comprime, mais ne s'éteint jamais !

(1) L'auteur de L'ITALIE DÉLIVRÉE descend d'un rameau de la famille des Porri de Milan, — rameau transporté en France, sous Louis XII, dans la personne du comte Vincenzo DE' PORRI (Voir *la Cronica Milanese del Prato*, v. III, p. 252). — Un des ancêtres de l'auteur, *Othon* PORRO, chevalier banneret, et conseiller de l'empereur Frédéric 1er, dit Barberousse, l'avait accompagné à la croisade de 1188. Grièvement blessé en défendant ce prince, au siège d'Iconium, Othon Porro lui sauva la vie, et, baigné de sang, tomba à ses pieds. Frédéric trempa le doigt dans le sang de son sauveur, et traça trois bandes sur son bouclier, en lui donnant le droit de porter l'aigle impérial avec cette devise : *Fidus et Audax*.

Dans ce poème, la puissance esthétique est-elle à la hauteur du sujet ? La chaleur est partout, elle touche parfois à l'exaltation ; mais nous regrettons ici , comme dans le *Volontaire Français* , l'absence de cette nouveauté de plan, et de ces ressorts dramatiques, qui nous avait si charmé dans *Linda* , *l'An Mille* et le *Dernier Paladin* (2). L'action s'y trouve amenée par l'évolution ordinaire des faits , mais non par la combinaison poétique ; l'émotion y naît par l'enthousiasme qui éclate, par les évènements qui s'enchaînent naturellement ; mais non par la hardiesse de la pensée, par la grandeur des conceptions, par la passion qui vivifie , par la secousse qui ébranle, par la catastrophe qui fait frémir. L'éclat de la versification, de brillantes images partout ; mais le souffle créateur nulle part ; l'auteur, on le voit, malgré la vivacité de ses sentiments , est maîtrisé par la réalité de l'histoire. C'est le défaut de toutes les épopées qui ne se font pas à distance.

Il a manqué au poème de l'ITALIE DÉLIVRÉE , l'intervalle des siècles , qui eût permis au poète de puiser dans les inspirations de sa muse plutôt que dans le récit des feuilles publiques. L'épisode d'Emile et de Flavie , bien que riche de vers tendrement émus , n'est là que pour reposer le lecteur du bruit des armes ; il n'a pas plus d'importance, à nos yeux, que l'aventure d'Olinde et de Sophronie du Tasse, dans le second chant de sa JÉRUSALEM DÉLIVRÉE.

Nous devons toute la vérité de nos impressions à M. de Porry qui ne saurait douter ni de la droiture de nos intentions , ni de la sincérité de nos sympathies. L'auteur de *Linda* est doué d'une organisation exceptionnelle ; il a pour lui la patience , cet élément sûr d'un talent sérieux ; une riche imagination , à laquelle il ne manque que le coup

---

(2) Tous ces poèmes, — publiés séparément , — seront réunis, avec d'autres, dans le recueil intitulé : MÉTAMORPHOSES SOCIALES , grande épopée humanitaire ébauchée par l'auteur, et dont un fragment considérable a déjà vu le jour.

d'aile et le sens de la route. Ces observations sévères nous ont été suggérées, moins par le désir de la critique, que par l'admiration que ses premières Légendes nous ont inspirée. L'ITALIE DÉLIVRÉE restera toujours un modèle de correction, d'élégance, d'harmonie racinienne, comme il est un éternel témoignage d'une âme fidèlement patriotique.

Mais, comme toute poésie classique, la sienne, — selon la spirituelle image de Montaigu, — est semblable à une eau limpide qui va, après quelques mouvements saccadés, avec plus ou moins de murmure, mais sans emportement, vers le lit commun des fleuves et des sources.

I

GUERRE AUX TYRANS!

———

Italie!... à ce nom, moi, ton fils exilé,
En espoir vers tes bords je me suis envolé!...
De regrets et d'amour mon âme palpitante
Chérit de ton soleil la lumière éclatante,
Ton air calme épuré par ses tièdes ardeurs,
Et ta plaine exhalant de suaves odeurs.
J'adore ton langage aux pompeuses merveilles,
Le plus doux qui de l'homme ait ravi les oreilles;
Et tes limpides nuits qu'enchantent les soupirs
De ta lyre amoureuse et de tes frais zéphirs;
Ta ceinture de fleurs si richement écloses,
Et tes raisins de pourpre, et tes bosquets de roses.
J'aime les myrtes verts de ton sol décoré
Par l'orange vermeille et le limon doré;
Et ton ciel de saphir, et tes rives si belles
Que caressent les flots de deux mers fraternelles!...
Et tu peux, si brillante, endurer cet affront
Que le plus dur servage imprime sur ton front!

2

De tes tyrans du Nord, quoi ! tu subis l'injure !
Tes murs n'écrasent pas l'Autrichien parjure,
Ce noir oiseau de proie au joug avilissant,
Qui te vole ton or, trafique de ton sang !...
O berceau renommé de Gloire et d'Harmonie !
Sais-tu bien que naguère un illustre génie,
Déplorant ce sommeil aussi long que tu dors,
D'un accent dédaigneux t'a dit : *terre des morts !* (1)
Mais tu t'évanouis, déception amère !
Non, non, je n'aurai point à rougir de ma mère ;
Tu jettes, brandissant le glaive dans ta main,
Un foudroyant regard sur ton geôlier germain ;
Et je sens bouillonner, quand tu brises tes chaînes,
Le vieux sang des Lombards qui coule dans mes veines ;
Mon cœur ému bondit au cri de liberté
Que ton réveil sublime a tout à coup jeté !...
Tes fils s'arment en foule ; en bruyantes fanfares
Tu donnes le signal de chasser les barbares ;
Et, joignant la bravoure à ses accords savants,
L'Italie est encor LA TERRE DES VIVANTS !

* * *

Frappé de l'étendard de cette guerre sainte,
Le despote germain de fureur et de crainte
Pâlit... et, rassemblant ses farouches soldats,
Mélange bigarré des plus divers états,
Dit aux Italiens, dans sa colère sombre :
« Vous allez tous périr accablés par le nombre ! »

Et l'Italie alors, confiante en son droit,
Certaine de l'appui que l'équité lui doit,
Connaissant des Français l'éternelle vaillance,
De sa forte voisine accepte l'alliance ;
Et, pour mieux résister à son lâche oppresseur,
S'écrie : « A moi la France ! à moi ma grande sœur ! »
La France entend ce cri !... Bondissante de joie,
Elle accourt au Germain ravir sa belle proie !...

***

Français, qu'allez-vous faire aux bords italiens ?...
Conquérir le pays? — Non !... briser ses liens ;
Refouler le Germain vers sa terre natale,
Ouvrir à l'Ausonie une ère libérale ;
Unir de ce grand corps les membres séparés,
Pour que de son triomphe il monte les degrés ;
Et rendre, à la bravoure alliant la prudence,
Le Vicaire du Christ à son indépendance !
La France, qui jamais pour un terrestre gain
N'a fait étinceler le glaive dans sa main,
Par sa soif de justice incessamment guidée,
Terre des paladins, combat pour une idée !
Elle veut, maudissant les stériles exploits
Qui de l'Humanité méconnaissent les droits,
Déclarer, s'il le faut, une suprême guerre
Qui fasse triompher le bonheur sur la terre !
Oui, France, l'univers tournant les yeux vers toi,
Te nomma justement : *Gardienne de la Loi*

Nation généreuse et désintéressée,
Le bonheur de l'Europe occupe ta pensée !
Et tes fils, nourrissant les plus nobles desseins,
Veulent de l'esclavage affranchir les humains!
Oui, tu cours, — de l'Europe et le cœur et la tête, —
De ton roi-chevalier effacer la défaite ;
Et délivrer enfin, par un coup glorieux,
La terre vénérable où dorment mes aïeux !
Au moment de payer, sur ma lyre inspirée,
A ma mère-patrie une dette sacrée, —
Beau sol que de Virgile ont charmé les concerts,
De tes libérateurs, dans mes modestes vers,
Je puis graver les noms couronnés de victoire ; —
Car ces noms désormais brilleront dans l'Histoire !

*
* *

Et le Piémont s'ébranle au cri de ses enfants,
D'un prophétique espoir heureux et triomphants!...
L'ennemi que surprend l'explosion guerrière,
Sur les bords du Tessin voit, — terrible lumière ! —
Les armes resplendir, l'héroïsme éclater !...
Souillant encore un sol qu'il va bientôt quitter,
L'Autrichien troublé de l'attaque soudaine,
Redouble ses rigueurs, hurle comme une hyène ;
Et contre l'Italie à son propre étendard
Veut, pour comble d'audace, enchaîner le Lombard!...
Mais le peuple en courroux, prêt à sonner la guerre,
Palpite frémissant sous la main qui le serre!

(15 MAI 1859).

II

MAGENTA

———

A Milan la splendide, un riche citoyen ,
Le jeune Emile, issu d'un sang patricien ,
Livrait, heureux époux de la belle Flavie ,
Aux plaisirs de l'hymen son indolente vie.
Au sein de leur palais, — séjour mystérieux
Et solitaire abri de leurs amours, — tous deux
Voyaient à l'horizon de leur ciel sans nuages ,
Un avenir paré de riantes images.
De leur conque de nacre ainsi dorment couverts ,
Deux diamants jumeaux dans l'abime des mers.
D'un amour partagé la savoureuse ivresse
Plongeait dans une longue et friande paresse
Ces deux êtres fondus en un, époux-amants ,
Qui de leur bonheur seul occupaient leurs moments ;
Et, dans ce doux silence habitant leurs demeures ,
A peine entendaient-ils le vol léger des heures !
Dans sa divine extase absorbant son esprit,
Lui, toujours aux genoux de celle qu'il chérit ,

Déroule les cheveux dont sa tête se dore,
Pareils aux blonds épis dont l'Été se décore.
Elle, penchant son front vers le front de l'ami
Dont les yeux, de langueur, sont fermés à demi,
Contemple la beauté de son mâle visage,
Le noble et fier accent dont s'empreint son langage ;
Et lui, de son amie admire la candeur,
Ces yeux d'azur, — couverts d'un voile de pudeur,
Où lançant de l'amour la lueur flamboyante ; —
Son geste gracieux, sa beauté foudroyante !...
Tous deux, livrés sans cesse aux plus doux entretiens,
Ainsi que des enfants, jouaient avec des riens ;
Mais ces riens précieux, gages de leur tendresse,
D'un penchant mutuel entretenaient l'ivresse.
Parfois, bornant le cours de ses rêves sans fin,
L'épouse en sons flatteurs chantait, sa lyre en main ;
Et sous ses doigts mignons les notes cadencées
Peignaient de son amour les gammes nuancées.
Le soir, quand le soleil, dans la tiède saison,
De sa brillante écharpe empourprait l'horizon,
Tous deux, sur les tapis des campagnes fleuries
Cheminaient, unissant leurs pas comme leurs vies ;
Et lisaient leur amour dans le céleste azur,
Dans l'étoile qui brille au sein du vide obscur,
Dans l'éclat varié de ces flambeaux immenses
Qui de leurs tendres feux imitaient les nuances.
Ivres de cet amour sans cesse plus ardent,
Un jour ne ressembla jamais au précédent ;
Leurs cœurs, de sentiment trésor inépuisable,
Nourrissaient une flamme et sincère et durable ;

L'avenir promettait aux époux enchantés
Des feux toujours nouveaux, d'exquises voluptés.
Telle, — aux yeux du vulgaire, aride et monotone, —
La mer, à flots bruyants tantôt mugit et tonne ;
Tantôt, sur son miroir vaste et silencieux
Rétablit le silence et réfléchit les cieux.
Tantôt douce et riante, et tantôt rude et fière,
Monstre dévorateur, déesse hospitalière,
Variant ses couleurs mille fois en un jour,
La mer n'est-elle pas l'image de l'amour ?

***

Par ce tableau charmant la foule fascinée,
Enviait des époux l'heureuse destinée (2).
Mais l'orage grondait sur le couple amoureux !...
Du despote germain un ordre rigoureux
Arrache à son amante et retient comme otage
Emile qui frémit de douleur et de rage !
Transmis furtivement à son épouse en pleurs,
Un billet, du captif retrace les malheurs :
« De mes sbires cruels trompant la vigilance,
« Je t'écris, chère amie, un doux mot d'espérance :
« Aux jours sereins succède un atroce tourment ;
« Mais bientôt sonnera l'heure du châtiment !
« Je pressens, aux clameurs de la guerre lointaine,
« Qu'à force de courroux je briserai ma chaîne !
« A nos libérateurs j'engagerai ma foi,
« Et le fer va m'ouvrir un chemin jusqu'à toi ! »

Du fidèle héros l'ingénieuse audace
A rompu ses liens.... l'effet suit la menace!
Il passe le Tessin ; — et, loyal déserteur,
Condamné par la *loi*, mais absous par l'honneur (3),
De sa race cachet toujours héréditaire , —
Dans les rangs piémontais sert comme Volontaire.

*_**

Réunie au Piémont, l'élite des Français
Marche, durant ce temps, de succès en succès.
Déjà l'Autrichien , pleurant ses perfidies,
Voit de Montebello les palmes reverdies ;
Et cède, reculant comme de vils troupeaux ,
La terre piémontaise à nos heureux drapeaux.
Emile aux premiers rangs se distingue, — et signale
Sur le champ des combats sa valeur sans égale ;
Sous lui les ennemis périssent par milliers ;
Son bras vaut à lui seul des bataillons entiers ;
Le désir de rejoindre une épouse chérie
Electrise son glaive et double sa furie ;
Car le jour qui rompra les fers autrichiens
De son hymen si doux renoûra les liens! ...

La justice triomphe, — et l'élite des braves,
Bataillons fraternels, bersagliers et zouaves,
Suivant de leurs exploits l'irrésistible élan ,
Marchent l'ivresse au cœur, pour délivrer Milan.
L'Autriche tortueuse, abhorrée, avilie ,
Avec la sympathique et loyale Italie ;

La vie avec la mort, la haine avec l'amour,
La force avec le droit, la nuit avec le jour,
Vont livrer, sous les yeux de l'Europe attentive,
Aux champs de Magenta leur lutte décisive !
Et vous, dont le cœur noble a d'espoir palpité,
Amis du genre humain, — quand pour la Liberté
Le clairon retentit et le fer étincelle,
Saluez les héros qui vont mourir pour elle !...

Sur les pas de Victor et des fils du Piémont,
S'insurgent les Lombards qui, vengeant leur affront,
Rejoignent les Français sur le champ de bataille.
Moderne paladin, au sein de la mitraille
Le jeune époux s'élance... et brave les boulets,
Calme au fort du combat comme dans son palais !...
Des valeureux Français marchant sous sa conduite,
L'illustre Mac-Mahon doit amener la suite,
Et sur les ennemis frapper les derniers coups,
Tel qu'un lion vaillant chasse un essaim de loups.
Alors l'Autrichien, que son délire abuse,
Appelle à son secours et le nombre et la ruse ;
En volcans meurtriers transforme les maisons,
Cache l'artillerie au centre des buissons ;
Et soudain, bondissant du fond des embuscades,
L'Autriche et le Tyrol vomissent leurs peuplades !...
Plein d'espérance, Emile oppose un front serein
Aux nuages de poudre, à la grêle d'airain ! ..
Ses frères, près de lui, jonchent en vain la terre....
Il affronte encor plus le belliqueux tonnerre,

Dont la flamme homicide a coup sur coup relui.....
Il se croit sûr de vaincre... il a le droit pour lui!...
Mais un des champions de loin s'élance... et crie :
« Frère, de l'ennemi l'orageuse furie
« A flots supérieurs déborde et fond sur nous!...
« Que le renfort survienne, ou nous périssons tous! »
— « Compagnons, brandissez le drapeau tricolore !
« Le renfort va venir ; luttez, luttez encore ! »
On attend Mac-Mahon ; mais ce grand général
Qu'arrête à l'improviste un obstacle fatal,
Traîne, malgré l'ardeur de sa troupe empressée,
Dans un chemin fangeux sa marche embarrassée ;
Et, quoiqu'il ait hâté le moment du départ,
Peut-être Mac-Mahon arrivera trop tard ! ! !
Encore une minute... et l'élite loyale
De ces braves qu'écrase une lutte inégale,
Laissera, sous le plomb tombant jusqu'au dernier,
Aux mains de vils tyrans Emile prisonnier ! ! !...
Non! non!... plutôt la mort?... la cause est légitime ;
Le ciel permettra-t-il le triomphe du crime!. .
Non! non! jusques au bout la justice vaincra ;
Et, s'il faut un miracle, un miracle viendra!.....

Et ces héros, malgré la déroute croissante,
Luttent trois contre dix, et dix contre soixante ! ! !...
O retard désastreux!... Mac-Mahon ne vient pas!
Emile, exaspéré, sème au loin le trépas ;
Percé de mille coups, il se défend encore ;
Frappe, tue... en songeant à celle qu'il adore!...

Mais un autre séjour joindra ces amoureux ;
Le ciel ne fera point un miracle pour eux ;
A larges flots de sang le héros perd la vie,
Et sa mourante voix murmure encor : Flavie !

*_**

Ton sang, jeune victime, a-t-il du noir destin
Apaisé tout-à-coup la colère ?.... Au lointain
J'entends frémir le sol... une marche résonne...
Dans les airs des clameurs vibrent... la foudre tonne...
« Nous voici ! nous voici ! courage !... » Du canon
L'écho répète au loin la voix... c'est Mac-Mahon !...
Mac-Mahon, le sauveur de la cause sacrée,
L'ange exterminateur d'une horde abhorrée !...
Ah ! vous pensiez, suppôts d'un pouvoir détesté,
Dans un sang généreux noyer la liberté !
C'est à vous de périr, et votre heure est venue !
Du hardi vétéran la foudre éclate, tue,
Pêle-mêle écrasant bataillons, étendards ;
Et la campagne au loin se couvre de fuyards ;
Et les loyaux vainqueurs d'allégresse rayonnent ;
De radieux lauriers leurs têtes se couronnent ;
Ils signent, mariant la justice au destin,
D'une main triomphante un heureux bulletin
Qui proclame à l'Europe et transmet à l'Histoire
UNE GRANDE BATAILLE, UNE GRANDE VICTOIRE !

(15 JUIN 1859).

III

LES FRANÇAIS A MILAN.

Ma muse, élance-toi vers un horizon bleu ;
Viens, enlève mon âme, et que ton char de feu
L'emporte vers Milan, l'italique merveille
Que de ses oppresseurs la défaite réveille !
Vers toi, belle Milan, je veux prendre mon vol ;
La source de mon sang coule encor sur ton sol (4) ;
Du désir de te voir mon âme se tourmente,
Et soupire après toi comme après une amante !
Oh ! que n'ai-je pu voir de tes murs, délivrés
Du rapace fléau des Germains exécrés,
Fuir ces sbires du Nord pleins de terreur panique !
Et ton peuple, écrasant la horde tyrannique,
Lacérer, furieux de ses longues douleurs,
L'écusson de l'Autriche aux livides couleurs,
Et dresser ce drapeau que la gloire idolâtre,
Où brillent le rubis, l'émeraude et l'albâtre !
Oh ! que n'ai-je pu voir les Français triomphants
Entrer aux cris joyeux de tes libres enfants ;

Et la foule, partout de joie électrisée,
Sur eux versant des fleurs l'odorante rosée ;
De verdoyants rameaux tes balcons entourés,
De tapis fastueux tes temples décorés ;
Et le pontife, aux pieds de l'autel qu'il encense,
Chantant l'hymne de guerre et de reconnaissance !...
O Milan !... dans ta fête et de gloire et d'amour,
Ma modeste existence a vu son plus beau jour !

*
* *

Au nom du Dieu vengeur qui conduit votre glaive,
Par qui l'orage gronde et la mer se soulève ;
De ce Dieu dont les coups frappent l'iniquité ;
Du Christ, révélateur de la Fraternité ;
Et du peuple lombard dont vos mains souveraines
Ont fini la torture et délié les chaines, —
Français, soyez bénis !... Prodiges de valeur,
Vous, l'effroi des tyrans, les soutiens du malheur,
Vous, des peuples voisins les guides et l'exemple,
D'un œil respectueux le monde vous contemple !
Belle Italie, à qui sont voués nos secours,
Tu seras affranchie et libre pour toujours ;
Oui, libre comme aux temps de ta splendeur antique,
Libre des Apennins jusqu'à l'Adriatique !
Bientôt tu seras libre aussi, reine des eaux !
Qui couvris l'Océan de tes nombreux vaisseaux ;
Et, sur le bleu roulis levant ta fière tête,
Peuplas des rocs déserts et ris de la tempête !

L'étoile du succès, qui vient de resplendir,
Vous donne, Italiens, le signal de grandir !
Mais par le glaive il faut mériter cette gloire ;
Sous un libre drapeau courir à la victoire ;
Et vous serez alors, braves Italiens,
Aujourd'hui, des soldats; demain, des citoyens !

**
* *

Au milieu des élans de commune allégresse,
Un cœur seul est en proie à l'horrible détresse.
Flavie, en vain tes yeux dans la foule ont cherché
Cet être inséparable à tes jours attaché !...
La jeune et tendre épouse, incertaine, tremblante,
S'abreuve tour-à-tour d'espoir et d'épouvante ;
Et, dans le doute affreux dont son âme gémit,
Pleure, puis se rassure, et de nouveau frémit.
Mais à l'infortunée à la fin se révèle
Du sort de son époux l'accablante nouvelle !
Sur un écrit fatal elle voit retracés
Les noms des soldats morts et des soldats blessés.....
O désolation effroyable, imprévue !...
La malheureuse à peine ose en croire sa vue !...
Parmi ceux que la guerre immola sous ses coups,
Désespoir !..... elle a lu..... le nom de son époux !...
Et d'horreur, à ce choc de l'atroce surprise,
Muette, se raidit, tombe... son cœur se brise...
Elle exhale sa vie..... et ce sensible cœur
N'a pu porter le poids d'une telle douleur !

Son âme, que le Ciel enviait à ce monde,
Vole au sein de l'éther que la lumière inonde...
Et rejoint hors du globe où nous gémissons tous,
Dans un séjour plus beau l'âme de son époux.

* * *

Ainsi, dans ton essor, triste nature humaine,
Tu ne peux du destin rompre la lourde chaîne ;
Et, toujours imprévu, le levain des malheurs
Se mêle à tes succès, comme l'ombre aux couleurs.
Mais ne déplorons pas ces soudaines détresses,
Ces moments de plaisir transformés en tristesses,
Ces trésors de bonheur que le sort nous ravit ;
Car à l'homme brisé l'Humanité survit !

(15 Juillet 1859).

IV

CUSTOZZA.

La tyrannique Autriche a dit : « c'est la défaite. »
Non ; c'est un vrai triomphe, une sublime fête ;
Au désastre vaillant la gloire a survécu ;
Non ! non ! l'Italien n'a pas été vaincu !

Vénale courtisane et venimeux reptile,
La trahison veillait dans son obscur asile ;
A l'espion perfide elle livra le plan
Des fils de la patrie, et rompit leur élan !... (5)

N'importe ! ils ont brillé sur le champ du carnage,
Et l'adversaire même a loué leur courage (6).
Honneur aux champions tombés à Custozza !
Le mépris de la mort les immortalisa ;
Et l'avenir, tressant leur couronne fleurie,
Dira qu'ils sont tombés défendant la patrie !

Donc le césar d'Autriche, en impudent voleur,
De l'Italie entière affronte la valeur ;
Et dans l'iniquité son audace endurcie
Ose, malgré le droit, garder la Vénétie !...
Mais le peuple nouveau, né des touchants accords
Qui de membres épars formèrent un seul corps,
Résolu d'empêcher que le vol se consomme,
Contre ces vils forbans marche comme un seul homme !
Heureux et raffermis de leurs mêmes destins,
Lombards, Gênois, Toscans, Sardes, Napolitains,
Sous le même drapeau pour le combat s'apprêtent ;
Font briller au soleil leur bravoure ; et se prêtent,
Rivalisant d'ardeur et d'élan fraternel,
Pour la lutte suprême un appui mutuel !

Oh ! qu'elle est belle à voir, cette vaillante armée
De l'amour du pays noblement animée !...
D'un courroux légitime elle exhale les feux ;
Car tout Italien, formant les mêmes vœux
Pour punir du Germain la trop longue insolence,
Opposer au larcin les droits de la vaillance,
Et du fourbe despote écraser l'attentat, —
Se lève !... et, s'il le faut, tout homme est un soldat !...

Marchez, fils généreux d'une grande patrie !...
Par la sainte équité que votre âme aguerrie,

Toujours plus héroïque au milieu du danger,
Du sol qui le repousse éloigne l'étranger !...
Prévenant l'ennemi par un essor agile,
Marchez... pour délivrer le berceau de Virgile !...
Mais quelle ombre obscurcit mon radieux espoir ?...
A l'horizon doré monte un nuage noir ;
Un traître a combiné le complot satanique
Qui doit paralyser votre attaque énergique !...

Son nom !... que par l'oubli ce nom soit effacé !...
Contant à leurs neveux un illustre passé,
Que nos vieillards jamais n'osent leur faire entendre
Qu'un fils de l'Italie aux Germains put se vendre !...

Son devoir lui dictait de veiller aux chemins
Qui conduisent au sol volé par les Germains ;
Mais par la trahison son âme est égarée !...
Il rompt l'embranchement de la route ferrée
Qui doit à l'Italie amener ses renforts ;
Et, pour mieux entraver nos belliqueux efforts, —
A quel délire, ô ciel ! peut monter l'infamie ! —
Il livre aux généraux de l'armée ennemie
Le plan de notre marche avec les bulletins
Où de notre avenir s'attachent les destins !...

*
* *

L'aube argentait les cieux, quand notre armée active
Foula les champs sacrés de la terre captive ;

Nos soldats, les couvrant de leurs flots protecteurs,
Du fameux Custozza gravissaient les hauteurs (7).
Où donc est l'ennemi?... Fidèle à sa coutume,
Pareil à son climat qu'enveloppe la brume,
L'Autrichien se cache ; il a dissimulé
Son plan nourri de haine et de ruse voilé !...

Frères, vous saluez avec des cris de joie
Ces preux libérateurs que le Ciel vous envoie !
Un pur soleil de juin se lève... Dans les cieux
Eclate triomphant son disque radieux ;
Et son effluve d'or se réflète et se joue
Sur les prés que chanta le cygne de Mantoue.
Soudain les vifs mousquets, les sonores canons,
Tonnent... et par le flanc frappent nos bataillons...
« L'ennemi ! l'ennemi ! » — L'intrépide phalange,
Pour repousser le choc, se retourne et se range ;
A flots supérieurs, Slaves, Germains, Hongrois,
Sur les Italiens s'élancent à la fois ;
Nos guerriers, que l'amour de la patrie anime,
N'écoutent que la voix d'un honneur magnanime ;
Et, livrant un conflit noblement hasardeux,
Sur un ingrat terrain luttent un contre deux !...
Mais par le prince Humbert, par le prince Amédée,
Ces dignes fils du Roi, leur vaillance est guidée ;
Trois fois l'Autrichien envahit Custozza ;
Trois fois contre nos rangs son assaut se brisa ;
Et ses hordes trois fois roulèrent, rejetées
Bien loin de ces hauteurs instamment disputées !...

Le nombre dut enfin accabler la valeur !...
Fatalité !... Le Roi, comprimant sa douleur,
De ses fiers champions a vu tomber l'élite !...
Il reforme les rangs, au combat les excite ;
Et le prince Amédée, à leur tête élancé,
Est en pleine poitrine, au champ d'honneur, blessé !...
« Bien ! mon fils, bien !... le sang est la pourpre du brave ;
« En avant !... délivrons Venise encore esclave ;
« Si nous ne parvenons à la reconquérir,
« Ici notre devoir nous prescrit de mourir ! »
Mais son état-major et l'entoure et l'arrête :
« Non, sire ; la prudence ordonne la retraite ;
« L'honneur est satisfait : rallions nos débris ;
« Le glaive nous rendra ce que le glaive a pris ;
« A bientôt la revanche ! » — Et l'héroïque armée,
En masse régulière aussitôt reformée,
Dispose sur ses flancs un rempart de canons
Contre un nouvel assaut couvrant nos bataillons.
L'ennemi, qui paya chèrement sa victoire,
N'ose nous suivre... Alors au sein de l'ombre noire
Dont le voile enveloppe et la terre et les flots,
Il se retire, — et trame encore des complots !...

*
* *

Nos preux, qui du Germain dédaignent la mitraille,
Dorment paisiblement sur le champ de bataille !...
S'il faut croire au récit du naïf villageois,
Dans le fond des ravins tonnaient d'étranges voix ;

Des spectres en sortaient ; et, parcourant la plaine,
De l'Autriche annonçaient la déroute prochaine !...
Un sentinelle a vu des fantômes guerriers
Errer, leurs fronts couverts des antiques cimiers ;
Et même a vu surgir l'ombre du grand Virgile
Qui d'un geste orgueilleux leur montrait notre asile !...

(15 Juillet 1866).

V

LA PAIX.

La LIBERTÉ se lève et brise son lien ;
Du sol de l'Italie a fui l'Autrichien ;
Sur le champ des combats déployant leur grande âme,
Les héros de la Prusse ont écrasé l'infâme ;
De lauriers et de fleurs décorons nos chemins ;
L'ère nouvelle s'ouvre aux progrès des humains !
Enfin te voilà libre, immortelle Venise,
Sur l'écumeuse mer si fièrement assise !...
Libre encor, comme aux jours où ton glaive puissant
Portait mainte blessure au superbe Croissant ;
Comme aux jours où, brillant de la splendeur ancienne,
L'anneau d'or de ton doge épousait ta gardienne !..
Oui, glorieuse encor de souvenirs lointains,
Tu vas, t'acheminant vers de plus beaux destins,
Des fers de l'étranger encor toute meurtrie,
Rentrer dans le giron de la mère-patrie !
Confus et terrassé par la honte et l'effroi,
Ton effronté tyran fuit et cède à la loi ;

Mais de rapacité, dans sa fuite, il se souille ;
Ne pouvant t'opprimer encore, — il te dépouille !...
Et de ta liberté l'indigne ravisseur
T'envahit en brigand .... et te quitte en voleur !... (8)
N'importe !... préparons la plus brillante fête ;
Car l'Autriche est vaincue, et l'Italie est faite !..
A flots impétueux nos bataillons altiers
Ont de la Vénétie inondé les sentiers ;
Le vaillant Cialdini les précède et les guide
Contre de vils traînards que sa marche intimide ;
Contraint de terminer le cours de ses forfaits,
Notre ennemi s'incline, et demande la paix !...

La paix !.... divine paix, reviens !.... et multiplie
Les radieux trésors de la belle Italie !
Viens rendre à ce beau sol affranchi de douleurs,
Ses berceaux de verdure et ses tapis de fleurs !
Viens rendre, tarissant la source des misères,
Les moissons à nos champs et les fils à leurs mères ;
De la guerre éteignant le flambeau détesté,
D'une chaîne d'amour unis l'Humanité !

Honneur à l'Italie !... à sa mâle vaillance
Elle sait marier le don de la clémence.
Elle pourrait, la flamme et le fer à la main,
Jusque dans ses foyers poursuivre le Germain ;
Et, tournant contre lui de justes représailles,
Compenser tant d'affronts et tant de funérailles !

Mais son cœur généreux, qui ne saurait tromper,
Arrête en son élan la main prête à frapper ;
Remplaçant les combats par la pompe des fêtes,
Elle veut de la paix étendre les conquêtes ;
Sur son riche avenir attachant ses regards,
Elle veut féconder le culte des beaux-arts ;
Vrai phénix qui renaît d'une cendre immortelle,
Elle rayonnera d'une gloire nouvelle ;
Elle s'élèvera d'un plus sublime essor.
D'une mère brillante enfant plus belle encor !

Et toi, Venise, toi, — comme une jeune épouse
Que par un long délai la fortune jalouse
Eloigna du bonheur, — reçois avec transports
LE HÉROS GALANT HOMME attendu sur tes bords ;
Prépare, de lauriers décorant tes murailles,
A ton roi bien-aimé l'anneau des fiançailles ;
C'est VICTOR qui sera, terminant tes revers,
Comme autrefois ton doge, heureux époux des mers !..

VI.

VICTOR A VENISE.

Il est venu !... les cœurs d'allégresse bondissent ;
Les murs de la cité de festons resplendissent ;
Au loin le bronze tonne ; au loin les étendards
Mariant les couleurs, enchantent les regards ;
Et la voix du canon, en mille échos lancée,
Annonce le beau jour à la foule empressée
Qui sort, pleurant de joie.... et, pleine de ferveur,
S'amoncelle au devant du monarque sauveur !
Sa présence promet un avenir prospère ;
Tous adorent le roi, tous acclament le père ;
Et l'on voit, peu s'en faut, ce prince respecté
Sur le flot populaire en triomphe porté.
Célébrant les bienfaits d'une tache finie,
La musique guerrière en fleuves d'harmonie
Roule.... électrise au loin les cœurs.... son mâle accent
Vibre, dans mille échos sans cesse grandissant !...
Venise retentit, ressuscitant sa gloire,
Et de cris de bonheur et de chants de victoire ;

Comme un nouveau Lazare échappé du cercueil,
Elle a rompu sa chaîne et ses voiles de deuil.
Le soleil, — vieux ami de l'Ausonie, — inonde
De ses effluves d'or les cieux, la terre et l'onde;
Il veut, de tout brouillard purifiant les airs,
Aux civiques transports prodiguer ses éclairs !
Comme un sein virginal d'un vif amour palpite,
La mer, que du passé le souvenir agite, —
Se soulève.... et son flot, mollement balancé,
Salue en doux accords le nouveau fiancé !

L'ombre même ne peut, déployant ses conquêtes,
Assoupir la cité ni suspendre les fêtes ;
Et la nuit lumineuse, en ce libre séjour,
Rivalise de pompe avec l'éclat du jour.
A peine du soleil disparaît la lumière,
Un réseau flamboyant couvre la ville entière,
Et s'allument soudain mille globes vitrés
D'émeraude, de pourpre et d'azur colorés.
La reine des mers brille et se montre sans voiles ;
Comme le firmament, la terre a ses étoiles ;
Et du nouvel écrin l'ensemble radieux
Eclipse les joyaux dont se parent les cieux.

Magnanime VICTOR, — ce nom d'heureux présage
D'un triomphe assuré pour ton peuple est le gage.
A la fleur de tes ans, l'école du malheur
Vers les nobles projets dirigea ton grand cœur.
Tu vis avec angoisse un héroïque père
Subir le dur exil et la déroute amère ;

Mais ton hardi civisme et ta puissante main
Ont bientôt renvoyé la défaite au Germain ;
Et, loin d'un sol sacré repoussant le barbare,
Tu vengeas l'Italie et l'échec de Novare !
Combats pour la patrie, ô roi !... ta loyauté
Couronnera ton front du laurier mérité ;
Et, des droits mutuels maintenant l'équilibre,
Tu seras le grand chef d'un peuple grand et libre !

***

Et moi, j'applaudirai, fier et le front levé,
Au pompeux édifice encore inachevé (9).
Par les arts couronnée et de gloire embellie,
Toi seule je t'adore, ô suave ITALIE !
Le splendide avenir promis à ta grandeur,
De ses déceptions a consolé mon cœur.
Satisfait d'avoir pu, comblant mon espérance
De ta lutte héroïque et de ta délivrance
Contempler le spectacle et sublime et touchant, —
A toi mon vœu suprême, à toi mon dernier chant !

(15 OCTOBRE 1866).

NOTES DE *L'ITALIE DÉLIVRÉE.*

(1) D'un accent dédaigneux, t'a dit : *Terre des Morts!*

M. Giusti, — un des plus éloquents poètes de l'Italie moderne,
— a, bien avant nous, spirituellement répondu à cette étrange allé-
gation d'un de nos plus grands poètes français contemporains.
— « Quoi! l'Italie est, dites-vous, *la terre des morts*; et cependant
« c'est à son air que vous venez redemander la santé, quand vous
« l'avez perdue! » Et le poète italien ajoute avec la plus incisive
raillerie :

> Sentite !... o prima, o poi,
> Quest'aria vi fa male !
> Quest'aria anco per voi
> E un'aria sepolcrale.

Puis il s'écrie, interpellant les satellites de l'Autriche :

> Come ! guardate i morti
> Con tanta gelosia ?
> Studiate anatomia ?
> Che il diavolo vi porti !
> Cadaveri, alla corte
> Lasciamoli cantare;
> E vediam questa morte
> Dov'anderà a cascare.
> Tra i salmi dell'Uffizio,
> C'è anco il DIES IRÆ :
> O che ! non ha a venire
> Il giorno del giudizio ?

Ce *jour du jugement* est venu le 4 juin 1859; et le coup décisif a
été donné sur le champ de bataille de Solférino.

(2) Par ce tableau charmant la foule fascinée
Enviait des époux l'heureuse destinée.

Cet épisode d'amour heureux et partagé, que nous croyons avoir lié d'une manière intime au tissu de notre sujet, forme un doux et piquant contraste avec la gravité des questions politiques et humanitaires qui sont la base de notre poème. D'ailleurs, la peinture des plus suaves et des plus tendres sentiments du cœur humain, est toujours à sa place au milieu des grandes convulsions ou rénovations sociales. Voyez la France en 1793!... jamais les vertus domestiques n'éclatèrent avec plus d'énergie qu'à cette époque de crise si profonde et si terrible!... Jamais pères et mères ne furent plus tendres; enfants, plus dévoués; époux ou amants, plus gracieux ou plus sensibles. Le divorce, alors permis par les lois, était rarement demandé; de nos jours, au contraire, qu'il a été si imprudemment aboli par la réaction ultrà-monarchique et ultrà-théocratique de 1815, on voit les procès en séparation de corps se multiplier dans une progression réellement effrayante!...

Les développements, si imprévus et si bizarres, de notre grande Révolution française, *nous auraient-ils fait perdre jusqu'aux vertus qui nous avaient servi à la faire,* — ainsi que le disait le savant conventionnel Dupuis?...... Question désolante et compliquée, que nous indiquons sans oser la résoudre nous-même!... Nous nous bornerons à exprimer une conviction : que les hommes et les principes de 1792 conduisaient la France à de fécondes améliorations sociales, — malheureusement avortées grâce à de déplorables et désastreux malentendus; grâce surtout aux réactions de 1794, 1799 et 1815, dont les conséquences pèsent encore sur la France et sur l'Europe!...

(3) Condamné par la *loi*, mais absous par l'HONNEUR.

Un poète, assez médiocre, du XVIIIᵉ siècle, s'est néammoins immortalisé par ce vers célèbre :

La loi permet souvent ce que défend l'honneur.

L'axiome inverse est également vrai, et nous dirons sans hésiter :

L'honneur permet souvent ce qu'interdit la loi ;

car la *loi* peut être passagère, tandis que l'HONNEUR est éternel ; la *loi* vient des hommes, et l'HONNEUR vient de Dieu ; les *codes* sont effacés par les codes ; mais l'HONNEUR est impérissable comme l'essence divine.

(4) Vers toi, belle Milan, je veux prendre mon vol ;
La source de mon sang coule encor sur ton sol.

L'auteur de ce poème descend d'un rameau de la famille des PORRI, de Milan, — rameau transplanté en France, sous Louis XII, dans la personne du comte *Vincenzo* DE'PORRI. — ,Voir la *Cronica Milanese del Prato*, vol. III, pag. 252).

Le roi Louis XIV, en 1701, a reconnu officiellement la noblesse de la branche française de cette Maison. — (Voir le NOBILIAIRE DE PROVENCE d'*Artefeuil*, tome II, pages 254 et 517 ; et les Archives de la Préfecture de Marseille).

Le nom de PORRI revient fréquemment dans l'HISTOIRE DE MILAN par *Bernardin* CORIO, et dans les Nobiliaires d'Italie, — notamment dans l'ANFITEATRO ROMANO, où se trouve la Généalogie entière de cette Maison, à partir des temps les plus reculés jusqu'au seizième siècle.

L'Italie a tout récemment reconnu son fils dans l'auteur de MAGENTA, en le nommant Membre correspondant de ses principales Académies, notamment de celle de COSENZA, où ont été pareillement reçues plusieurs notabilités françaises.

(5) A l'espion perfide elle livra le plan
Des fils de la patrie et rompit leur élan.

Tout sol nourrit des serpents ; tout pays voit éclore des traîtres. Villafranca prise, on avait maintenu dans sa fonction le directeur de la station du chemin de fer, dont on ne se défiait point, et qui d'ailleurs avait su se donner la couleur d'un bon Italien. En même temps, le traître transmettait à Vérone, encore occupée par les Autrichiens, les dépêches télégraphiques de l'armée nationale. Crime plus énorme encore dans sa portée comme par ses résultats, — l'exécrable fourbe fesait rompre un embranchement de la voie ferrée qui devait transporter les renforts des troupes italiennes. Cité devant le conseil de guerre d'Alexandrie, le misérable, facilement convaincu de haute trahison, a été fusillé. Je n'ai point demandé son nom que je veux toujours ignorer.

(6) Et l'adversaire même a loué leur courage.

Voir les bulletins et les journaux de l'Autriche à cette époque ; on y lira *le témoignage écrit* de la justice rendue à la bravoure des troupes italiennes. Les positions occupées par l'armée du roi Victor-Emmanuel, ont été plusieurs fois prises, perdues et reprises à la bayonnette ; mais les Autrichiens, ayant encore à leur disposition les lignes du chemin de fer, recevaient à point nommé des renforts tout frais, tandis que l'armée italienne fut privée des siens par l'effet de l'indigne et inattendue trahison ci-dessus mentionnée. Durant une journée entière, les Italiens se sont battus, sous trente-huit degrés de chaleur, contre des ennemis deux fois plus nombreux !.....

(7) Nos soldats, les couvrant de leurs flots protecteurs,
Du fameux CUSTOZZA gravissaient les hauteurs.

Le village de CUSTOZZA, justement renommé dans l'Histoire, avait été déjà, en 1849, témoin de la valeur de l'armée italienne, alors conduite par l'héroïque et infortuné roi Charles-Albert.

(8) Et de la liberté, l'indigne ravisseur,
T'envahit en brigand.... et te quitte en voleur !....

En effet, les Autrichiens, contraints de quitter Venise, l'avaient dépouillée de ses archives et avaient même emporté la fameuse *couronne de fer*. Sur les énergiques réclamations du gouvernement italien, ces objets précieux ont été promptement restitués.

(9) Au pompeux édifice encore inachevé.

Allusion naturelle à la *question romaine*, — laquelle est vivement remise sur le tapis, à l'heure même où nous envoyons ces NOTES à l'impression ; (4 novembre 1867). — Sans faire parade de son opinion qu'il n'a jamais dissimulée, l'auteur de ce poème se contentera d'exprimer ici deux observations :

1° On peut être fort bon catholique sans croire nécessaire le pouvoir temporel du pape, ce pouvoir n'ayant pas existé au temps du Christianisme primitif.

2° Malgré les vœux si bruyamment manifestés à cette heure par les ennemis de l'Italie, nous ne pensons pas que cette question du *pouvoir temporel* de la papauté puisse prévaloir au détriment de l'unité italienne. Cette unité dût-elle même succomber momentanément, — (*absit tantum nefas !*) — l'auteur ne renoncerait point à l'esperance de la voir renaître ; et, QUOI QU'IL ARRIVE, il ne se repentira jamais de l'avoir chantée.

L'école de ces publicistes contemporains qui affectent de regarder comme une *chimère* l'unité politique de l'Italie, ignore sans doute, ou feint d'ignorer, que la réalisation de cette unité a toujours été dans les vœux, les espérances, les efforts même, de tous les hommes éminents de cette belle contrée, — poètes, historiens, légistes ; etc. etc etc.

Il suffit de nommer ici Rienzi, Porcaro, Arnaud de Brescia, Pétrarque : et surtout le génie colosse, le grand Alighieri.

Faut-il citer encore le fameux sonnet de Filicaja, daté de 1642 !...

> Italia, Italia !... o tu cui feo la sorte
> Dono infelice di bellezza, ond'hai
> Funesta dote d'infiniti guai
> Che in fronte scritti per gran doglia porte !

Oh fossi tu men bella, o almen più forte,
Onde assai più ti paventasse, o assai
Ti amasse men, chi del tuo bello a'rai
Par che si strugga..... e pur ti sfida a morte !

Che or giù dall'Alpi non vedrei torrenti
Scender d'armati, nè di sangue tinta
Bever l'onda del Po gallici armenti ;

Nè te vedrei, del non tuo ferro cinta,
Pugnar col braccio di straniere genti,
Per servir sempre, — o vincitrice, o vinta !

Le mouvement patriotique de 1859 avait inspiré à l'auteur de cet opuscule une imitation de ce beau sonnet ; — imitation qu'il insère ici comme une preuve de ses bons sentiments :

Terre au ciel enchanteur, malheureuse Italie,
Quel atroce destin à ta beauté s'allie !
De tes longues douleurs l'irréparable affront
A d'un voile de deuil enveloppé ton front !
Oh ! pourquoi n'est-tu pas moins belle ou plus guerrière ?
L'Etranger qui, sans peur, jouit de ta lumière,
Et de ta liberté te ravit le trésor.
On ne t'aimerait plus, ou te craindrait encor ;
Et tu ne verrais point, quand l'ennemi t'inonde,
De ton sang le plus pur le Pò rougir son onde ;
Ni, du haut de tes monts, fondre sur tes sentiers
Du Franc ou du Germain les bataillons altiers ;
Tu ne te verrais point, d'un soldat mercenaire, —
Triomphante ou vaincue, — à jamais tributaire,
Lorsque tes fils, en vain défiant les dangers,
Palpitent terrassés sous des rois étrangers !
Au bruit que tu fais naître en secouant tes chaines ;
Un sang régénéré bouillonne dans mes veines ;
Et mon cœur rajeunit au cri de liberté
Que ton réveil sublime a tout à coup jeté !

Comte Eugène de PORRY

L'Arioste, — malgré le ton et l'esprit badin de son immense épopée, — consacre deux strophes à maudire et flétrir les oppresseurs de l'Italie, et prophétise l'affranchissement de cette glorieuse patrie.

Encore deux mots pour finir :

Le comte Joseph de Maistre, vigoureux génie, — dont nul n'osera nier L'ORTHODOXIE CATHOLIQUE, — n'a-t-il pas espéré, prêché même, la future unité de l'Italie sous le sceptre de la Maison de Savoie-Carignan ?...

Et l'œil perçant de l'historien philosophe n'a-t-il pas découvert une certaine époque où les papes eux-mêmes ont travaillé pour réaliser cette unité à leur profit ?...

OUVRAGES

de

M. LE COMTE EUGÈNE DE PORRY.

FLEURS DE RUSSIE, poèmes et contes, traduits du Russe.

AMOURS CHEVALERESQUES, épisodes du *Roland Furieux*, en vers français.

URANIE, poème mystique.

MÉTAMORPHOSES SOCIALES, légendes et poèmes historiques.

ÉTUDE SUR LE LION AMOUREUX, de Ponsard.

RICHELIEU, drame historique.

L'ITALIE DÉLIVRÉE, poème.

MÉLANGES DE PHILOLOGIE ET DE CRITIQUE LITTÉRAIRE, (sous presse).

Marseille. — Typ. et Lith. F. CANQUOIN rue Napoléon, 18.

www.ingramcontent.com/pod-product-compliance
Ingram Content Group UK Ltd.
Pitfield, Milton Keynes, MK11 3LW, UK
UKHW021002220726
13924UKWH00002B/856